阳光文库

咩咩哞哞

单永珍 —— 著

黄河出版传媒集团
阳光出版社

图书在版编目（CIP）数据

咩咩哞哞 / 单永珍著. -- 银川：阳光出版社,
2019.11
（阳光文库）
ISBN 978-7-5525-5123-5

Ⅰ.①咩… Ⅱ.①单… Ⅲ.①诗集－中国－当代
Ⅳ.①I227

中国版本图书馆CIP数据核字(2019)第259666号

咩咩哞哞

单永珍　著

责任编辑　贾　莉
封面设计　晨　皓
责任印制　岳建宁

黄河出版传媒集团
阳　光　出　版　社　出版发行

出　版　人　薛文斌
地　　　址　宁夏银川市北京东路139号出版大厦（750001）
网　　　址　http://www.ygchbs.com
网上书店　http://shop129132959.taobao.com
电子信箱　yangguangchubanshe@163.com
邮购电话　0951-5014139
经　　　销　全国新华书店
印刷装订　宁夏凤鸣彩印广告有限公司
印刷委托书号　（宁）0015625

开　　本　720mm×980mm　1/16
印　　张　13
字　　数　100千字
版　　次　2019年11月第1版
印　　次　2020年1月第1次印刷
书　　号　ISBN 978-7-5525-5123-5
定　　价　36.00元

目录/CONTENTS

第二辑·西海固：沸腾的肉汤

第三辑·西部：牛羊在梦中反刍

（带 ★ 篇目为朗读篇目）

人间：虫虫儿的尖叫

自白书

这稍纵即逝的时光
像一次伟大的别离
那些远去的物事，就让它远去
该来临的还得来临

如果今天写下宽恕的章节
我一定会葬了自己
我一如既往
看着大雪的罪行在阳光下坦白

你和我

当我悲伤的时候
你是我哭泣的唯一理由

当霜降毁灭了花园
我是你唯一的伐薪者

但当命运沉沦的时候
你是唯一的背叛者

路　上

我死命压着积蓄的力量

洪荒之爱，在骆驼草的叶片上使劲
两只酣睡中的蝴蝶
被弹飞
一只落在草地上
一只落在水里

这梦中的分离
把我的原罪剥离出来

相　信

我相信我会归于宁古塔
那里有爱我的人

我相信天使的颜色是白的
她和我的脾气来自同一星宿

我相信故乡是黄金铸就
新生的婴孩哭喊着秋天的诗篇

我相信那永逝之日终会来临
准备好遗言，准备好神圣的审判

我相信你的乳汁是夏娃的泪水
来，洗涤我，还我赤子之身

我相信有一天
唯一的仇人会在山冈上学习《道德经》

我相信雨水和雪是同父异母的姐妹
但阳光永远找不到失散的兄弟

我相信野菊花会在宁古塔疯长
只要你斜着眼，天堂一定出现

暴力事件

空寂。两束目光

残茶
尚有余温的拿铁
一本古马的诗集和《资本论》

仿佛末日来临
我们深度阅读对方

瞬息就是白昼

明月是身体里逃出的孤独

月光下，我唯能收获的
是一地踉跄的脚步
和破碎

如果望一次星空
那一轮明月
竟是我身体里逃出的孤独

起飞了

起飞了，鹰的小路

被喙划出

天空的巢穴

盛放云朵的衣裳

和一封通往

边关的度牒

这些都无所谓

我正在经历

失败的煎熬

夕光中，咽下

成吉思汗的酒精

我不会说出，远方的

指向，怀念的

秩序，皮肤病患者的

欢乐

这大地上的事情

在你的磨牙声中

翻译成典籍

起飞了，鹰的小路

血迹斑斑

我抬头看见

凝固在云层上的雪花

是我想你时

冰凉的信使

江　山

我有春风一把
谁借燕子一只

火焰回到木头
钢铁还给石头

咿呀呀咿呀呀
咱俩谁都不羞

在世上

一些人
从黑暗中来
一些人
到黑暗中去

无所谓喜
也无所谓悲

但总有峻急的时刻
需要一副娇小的肩膀
让我靠上去
痛哭一会儿

紧　张

在领导办公室喝茶
一边喝着
一边说些事情

有点语无伦次
也从来没有这么渴过

茶叶换了两次
话倒了三箩筐

终于喝好了
问题也说清楚了

出了领导办公室
突然，下身一股暖流
像自由女神的泪水
夺眶而出

我再次写下永逝之日

白日之灯，内心惶恐

寂寥的谈话止于雷霆的喷嚏

鹰巢空了，颓废的黑格尔酩酊大醉

胡麻油的灯盏

一群素食主义者烤着羊腿，撒上椒盐和孜然

糊涂的自留地，种着公社的油菜花

一道闪电，暴雨中飞着亚洲鲤鱼

金色的一条，喊着：衰败吧——

金碧辉煌的新娘，剪掉长发

她的惊艳出自一幅黑手党的油画

怀揣边关度牒，骑长安瘦马

咸阳驿站，和宁颖芳沽酒，原谅仇人

那些稻田、麦地、苹果林、群山、戈壁……

神圣的亚洲在疏勒河沐浴

而远在玉树的堪布，唱诵仓央嘉措情歌

我端坐阳关城头，安慰哭泣的星宿

用甲骨文吹拂一个人的修远

用青海的高车，载走一个叫漠月的左旗人的忏悔

用烈士换酒，银子换命

在落日掩埋一切的时候，记录永逝之日的情书

敦煌壁画

尘埃太重
落满衣袂飘飘的衣裳

走吧，这美丽世界之外
有一种自由
是私奔

我死死盯着
西夏时期的美少妇
她貌似要离开人间的幽怨里
有八月的胎儿
踹了她一脚

镜 像

从大风堆卷中过来
从落木萧萧中过来
从大雪漫天中过来

五十个亡灵
五十座坟茔
谁在葬我

如果有一天，你喊着
我的名字
从落满枯叶的小路上过来
只是请你轻些
再轻些

因为每一片落叶下
都有我负罪的灵魂
喊疼

从第一人称开始

我老泪纵横，无法掌控

这自由的泪水，在中年之境，在凛冽之中

该是言喜不言悲，眉霜慈祥的时候了

不回忆往昔，不奢望未来

只俯首苍茫人间，打算柴米油盐

但晨光中几只早起的寒鸦，蹲在雪地上

它们的脸上，我没有找到物喜己悲的旷达

它们甚至哭丧着脸，冷冷对视着我

像被绞刑架召唤的小偷

我不由得一阵小小的伤感

终于为自己的老沙眼捡到了证据

但今日之晨，我头顶凛冽，泪水滂沱

哪里

到底是哪里？才能配得上这咸得有点苦涩的泪水

疾病是一场修行的盛宴

它已经成为我身体的一部分
也许是兄弟，也许是隔世情人

我习惯了瘙痒，尽管春天会让它更激烈
我习惯了皲裂，尽管冬天会让它更深刻

一树桃花开了，有紫的、粉的、白的
它逼迫我灿烂于生命里秘密的部分

而深藏于枯木的火焰，告诉我，沉默是金
我不会轻易说破周建军《骑驴捉尾巴》副歌的高潮

学习散淡，把暴力美学还给《离骚》
倾听一只蝴蝶的翅膀在落日下变暗的冲动

绝不饶恕，还是宽容，弗洛伊德像失败的强盗
在一座圣母的雕像前暧昧地痛哭

作为一个皮肤病患者，我原谅了北方的破碎与荒芜
就像原谅自己渐渐枯裂的手掌

青春啊，我按捺着幸福的痛苦，必须
写下：疾病是一场修行的盛宴

我看见群山沉默如金

风吹过山冈，草木们斜着身子
朝着偏南的方向张开嘴巴
风紧了，会喊出：呜……
风轻了，会溢出：咽……

到底是风吹着草木
还是草木充当风的亡灵

面对一张空寂的草纸，我
四顾茫茫。唯独看见
这安身立命的十万群山
沉默如金

有所思

不远处，一道闪电
浪费了黑夜

没有秩序的闪电
就这样给黑夜打了招呼

你不能把闪电命名为黑格尔先生
因为他们不是双胞胎

闪电过后，是否有一场雨，或者
沙尘暴，黑夜不思考这些问题

激烈的闪电，伴随着惊雷
把两只睡梦中的鹌鹑吵醒

连草木们都醒了
吃惊地挤在一起

落叶在春天凋零

倒春寒，把积蓄的洪荒之力，说泄就泄了
那排参差不齐的树，像正在卸妆的戏子，羞于亮相

一个冬天，他把一部长篇小说读成短篇，他用减法
给寒凉的日子，贴上落叶的二维码

故事只能从春天开始出发，携带不期而至的沙尘暴
写下一个人的爱与恨，另一个人的孤寂与念想

我行走在叙事的巷道里，和春天密谋失败的暴动
还有复仇的细节。给虫虫儿们安下土里土气的名字

经过一个伪君子的酒肆，几个道德败坏的醉汉
深情地对着不远处的落叶，朗诵："天空没有留下翅膀的
痕迹，但我已飞过。"

无　题

一生中最重要的事情
不外乎活着
一生中最重要的手艺
不外乎衣食住行

鲜花在阳光中开着
而干旱在不远处蠢蠢欲动
羔羊在青草里醒着
而刀子在青石上泛着寒光

作为生活的失败者
我已领受命运的摆布
简单活着
索取最小的衣食住行

我时常被生活的咳嗽唤醒

从黎明开始，我便俯首苍茫人间
作为芸芸众生的一员
我埋葬了胸中咆哮的老虎
一寸一寸，把光阴推向未知的黄昏

那些柴米油盐的光阴
那些狂雪风暴的光阴

不管多么艰难，黄昏的潮汐依然奔涌而来
没人的时候，可以大声哭泣
甚至倾听，刀子划破手掌的清脆
以及一只蜘蛛在窗前的空寂

哦，一个疲倦的阅读者，合上书本
一阵睡梦之后，我时常被生活的咳嗽唤醒

今夜的月光

只用一盏茶的空隙，让月光照你

誊出一段省略的格言，让月光照你

咬牙挺住一杯酒的恍惚，让月光照你

当忧伤还在马不停蹄的时候，让月光照你

一只昧了良心的鹰流泪面壁的时候，让月光照你

一群壁画上的飞天偷换概念的时候，让月光照你

……

今夜月光照我，患了皮肤病的月光

在我的脸上

画了几个老人斑

虚　空

把一杯水倒空。我拿着杯子
看上面的文字和图画
一点，一点，把时间挪动了几米
把自己老了几分钟
老去的，还有眼前的水仙花——
尽管我昨天才买回来

正午，蝉鸣更激烈了
碎了一地
我和杯子之间，除了沉默
还隔着一张
朱哲琴的唱片

我用滚烫的泪水浇灌

这一片山河，古老如经。火焰的灰烬
辉煌如星。一声嘹亮喊沸清晨
几只永揣勇敢之心的蛤蟆，在废弃池塘
沿着李元昊的步伐　　秃发，追子，跳鬼步舞

这一片山河，流水无声。泾河源头
黑目白牙的童子，盯着《逍遥游》发呆。悲伤的泪水
轰然如雷。他们玩耍泥巴，捏造菩萨
身后，一只麻雀，默默地撰写史书

这一片树林，承接秋风，灿烂的家谱里
矗立着屋宇和庙堂。衰败的枝条，成就乌鸦
秋风起，大地寒凉，草发黄。温暖的鸦巢里
年迈的乌鸦排列八卦，打算日子

这一片树林，埋着先人。一个人进去了
另几个人会安顿妥当，然后捡拾柴火
生火，造饭，繁衍。在春天，朴素的人们

种下松树，榆树，杨树，包括辟邪的山桃

当漫山遍野的桃花开了
我用滚烫的泪水浇灌

书

一本书
埋着一群人
一房书
该有多少亡灵
紧闭着嘴巴
屏着呼吸

我躺在自己的书房里
总感觉有好多的死刑犯
从书页中钻出来
站在文字的窗口
此起彼伏地
喊着
冤枉啊——

雨 天

雨，落下来
雨是上帝洗涤我们罪恶的使者

大雨天，适合品茗
饮宁夏红酒
细声细语，像谦谦君子
一本正经

如果想做不道德的事
千万记住
口袋里装一本《道德经》
否则，雨水会让你
在老子面前
露出原型

在路上

走吧，前面就是戈壁

走过一棵草

一粒沙

一缕月光

一首埋在蚂蚁窝的诗歌

从早晨走到夜晚

我连悲伤的时间

都没了

无　题

想要爱

做一个彻底的流浪者

那是你对土地最好的忠诚

万水千山

像尘埃一样

把自己献给大地

我从固原到西吉

从西吉到海原

这漫长的旅程

有了一点朴素

还有小小的沧桑

如果你真的爱我

一定不要

在我的坟前

哭泣

花　儿

八月十五的月亮圆

没有尕妹子的脸圆

世上唯有冰糖甜

比不上尕妹子的嘴甜

山上的胡麻扬花哩

尕妹子在地里跑哩

拿上个油香去看你

心里头猫儿抠哩

光　明

火藏于木，一棵树紧紧守着内部的黑暗

守着欲说还休的疼

把根须

向深处

再使了一把劲

生活就像迸裂的豆荚

生活就像迸裂的豆荚
童年的梦境里，骑着蝴蝶奔忙在
油菜地，给星光浇水，给蚜虫穿衣
小人书里的三毛，留着人背头
啃着刚出锅的鸡腿，剔牙，打着响鼻

少年的梦境里，邻村的姑娘叫小花
她毛茸茸的眼睛，像上河的鸭子
远远的，偷偷地看我一眼
那下河的鸭子啊，就在半夜打鸣

青年的梦境里，被一脸的痘痘绊倒
流淌的啤酒，伴随好汉的懊恼
一堆旧报纸上，写满青春的宣言
"前面几个古人，后面一群来者"

猛然惊醒，不知不觉，一粒迸裂的豌豆
从眼前飞过，旋即

在松软的泥土上砸出一个坑
砸碎我白日梦的人生

我的眼里藏着浩瀚的盐田

像一部电影旁白，一个人漫长一生
在短短叙述中，完成了从摇篮到墓地的旅行

有些残忍，甚至无情的旁白
它把主歌的部分交给中年

中年丰富啊，头顶天，脚踏地
左手忍辱，右手奔波

中年更是一根榆树扁担
一头挑着黎明，一头扛着黄昏

中年的身后，还有一条乏走狗，伸长舌头
呼哧呼哧打量杂乱的生活

烈日下，当奔涌的汗水漫过眼眶
每个中年人的眼里似乎藏着一片浩瀚的盐田

古今里说，活着的味道，除了酸甜苦辣
还有一矿沉默的盐

我悄悄拐过马路的转角，迎面而来的
是一个擦肩而过，泪流满面的人

瞬息就是夜晚

白衣人的独舞，渐渐缓慢下来
五颜六色的观众呼啸而去

背着小书包的萱儿，低着头
急急的脚步忽略了几只回家的蚁队

云朵上孵卵的渡鸦
扯一块黄昏的棉被，东张西望

鹰隼的道路，越来越瘦
——这大地上的孤单愈加空寂

急急如律令，稍一疏忽，瞬息就是夜晚
黑衣人的叹息准时在整点敲响

我们是疾病的搬运工

我们和羔羊之间，并没有敌意
更谈不上仇恨之类的了
羊有羊道
人有人迹
我们和羔羊之间，是怎样的隶属关系
只有牧羊人和羊群知道
只有羊群和青草知道
只有青草和牧羊人知道

作为生活的段落
我们喜欢把羔羊的衣服脱下来
穿在自己身上
我们时常奋不顾身地
把羔羊进行美学分解
用清蒸，水煮，爆炒，烧烤的方式
完成各自的艺术呈现

作为一个西北人，我的半生

把多少羔羊装进自己的身体

只有羊知道

当我渐渐热爱上医院

学习珍惜自己的时候

恍惚中，一群羔羊的烈士

从糖尿病，脂肪肝，高血压的病历中

挺着血淋淋的身子

严肃地念着《伤寒论》

用减法告诉我

后半生的幸福

和疼痛

别，千万别

那个被莫名的东西附体的女子
天天念叨着我的名字

她游荡于火车站，桥洞，菜市场
在周末，会出现在九龙山墓园
擦拭墓碑
词不达意地念诵莫名的句子

她眉目清秀，衣着得体
手里抱着一本破损严重的诗集

后来，朋友们告诉我这件事
我感到莫名其妙——我不认识她
为了确证，专门去了一趟墓园
赫然发现，我的名字刻在墓碑上

从此，在广大的人世上
我就多了一份牵挂

午后时光

一个内心恓惶的人，守着一杯茶
沉默寡言。他看了一眼身旁经过的人
仿佛什么也没看见
喝一口茶，续满
喝一口茶，再续满
他喝着一些人，喝着一些事
喝着 2019 年的酷热和牺牲

一个内心恓惶的人，看着一撮儿茶
在水中旋转，下沉，舒展
让贫瘠的茶杯丰满起来
漂在杯沿上的菊花
死亡般盛开，让一杯茶
多了一些惬意
多了一些孤独

坐在对面的女人，一言不发
时间缓慢得让一个词爱不上另一个词

这个薄薄的人，看着对面的女人

在午后，沉默寡言地修补身体里的牢狱

一幅来自埃及的图画

来吧，时间是个锤子
你敲碎法老，我打破陈规
在中亚细亚的草原上赤身裸体
让寒鸦建造过冬的屋子

只是，我们隔着阿富汗

唱吧，海妖在地中海升起
十字军的婆姨吃着波斯的大蒜
我走在瓦罕走廊的山路上
默默地说：
"花儿唱了一辈子，
没有遇上好妹子。"

只是，我们隔着阿富汗

我真的爱上了你
尽管我黄，而你偏黑

但百年之后，各自率领私生子的军团

在一个杂种的博物馆里

一个新种族的故事

开始讲起

只是，我们隔着阿富汗

躲在一本书里

一个少年躲在一本书里
读着，读着
就把自己读成
　座图书馆

一个老人躲在一本书里
读着，读着
把自己读成
一页白纸

中年的我，躲在一本书里
读啊读
把自己读成
一个病人

一颗萝卜

一颗萝卜在沙地里
憋着气
憋了一夜

她忍着疼
她把沙地疼出一条裂缝

四顾茫茫

水鸟立于芦苇，仅此一只
它的孤单，让月牙泉
越来越瘦了

东方：沙
西方：沙
北方：沙
南方：沙

天空是一面镜子
白天：前生
夜晚：后世

满眼的黄沙啊

初秋五行

吃药，打点滴
我用一场感冒来迎接盛大的秋天
打点滴，吃药
我一贫如洗
唯有用疾病为刚刚来临的秋天加冕

我爱你

一本诗集里的空白处
密密麻麻写满读后感
写下必须修改的理由

作为死心塌地的读者
我命令名词靠近动词
我用刽子手的刀斧
砍掉犯罪的形容词和副词
我让你洗心革面
我让你浴后重生

唯一没有修改的句子
——我爱你

这半世

这半世，辽阔如墨，写不尽
普天下的苍生和一个人的细节
所谓神秘，不过是
那些不被记录的飞白部分

这半世，苦大仇深，身体里
筑就一座斗兽场
魔鬼与天使，在梦醒时分
已杀得难舍难分

这半世，青春感冒，深度醉眠后
赶上谎言的中年
那一个又一个光鲜的人，躯体里
藏着被出卖的灵魂

这半世，苍凉如铁，星座旁
挂满烈士的名字和画像
一个疲惫不堪的人，拖着秃笔
闭关写生

送　别

出了此屋，残酒尚温，你还可以抱头痛哭
还可以说一些没有深思熟虑的话
还可以忏悔
但出了此屋，结局是
要么客死异乡
要么魂归故里

出了此关，何处天涯是？逃亡的人
手捧伪造的身份证，夜宿客栈
二锅头是必需的，还要孜然羊肉，烤大蒜
但出了此关，命运是
要么填狼
要么喂鹰

只是我不舍遍地的草木和人民
英雄梦，碎在长城梁上
白天: 写信
晚上: 写信

晨：有所思

一株冰草的最高意志，是腐败与灰烬
其实路过的牛羊从不感谢口齿留香

一堆河滩的石头，是一群菩萨在讲经
其实铺在路上的石头就是入了人间的菩萨

一座辉煌的城市，是政客，商人，明星的宣传机器
其实蝼蚁般的穷人耸耸肩，这座城市就会晃一晃

山南水北的文学笔会，是埋葬天才的好场所
其实啊，我们一生都在向名和利缴械投降

一个低头走路的人，假定他是肩周炎患者
其实是他领受了天命，来承接世上的苦难

原　谅

夕光下，野花的暴击
让受难的蝴蝶
受到惊吓

夕光卜，两个热爱打小报告的男孩
用耳语
推心置腹

神的幕帘开启
野花似乎平静了许多
也把小男孩的原罪悄悄掩盖

美学暴力

我深陷于毒药的美丽
那些虚幻，妖冶，甚至道德的转折
让一页纸
翻过另外一页

我对毒药的迷恋超过恐惧
现世的菩萨
带着慈祥和安宁
给微笑里撒上胡椒

我拯救自己
如同一个盗窃犯
掏空上帝

西海固：沸腾的肉汤

消　息

一个人顶着风雪，沿干涸的河床
挺进

这个冒着风雪的人，来自一个叫马渠的村庄
来自一片遥远的山河

他呼吸粗重，撞击着结霜的胡髭
身后是一串摇摆的脚印

风搅着雪，枯树上的堆雪钻进脖颈
多美的哆嗦啊

风给他腾路
风也把心事埋在身后

但他是幸福的，因为脱贫了
因为最小的儿子降生了

羊　头

他们挤在一起，睁着眼睛

铮亮的脑袋好像刚刚做完开颅手术

他们当中，有可能是夫妻，父子，父母，母子，母女

有可能是兄妹，兄弟，姊妹，表兄妹，表兄弟

有些互不相识，在各自的草地上，老死不相往来

但在马文清羊头店，集体的狂欢，盛大的聚会上

他们各自超度了自己。挤在一起，睁着眼睛

打量着陌生的对方

作为原州著名小吃，本地人会自豪地介绍

"半夜吃羊头，图的是眼睛和舌头。"

是的，就是眼睛和舌头

你看尽了人世间的悲伤和不平

你搬弄是非，把人世间的秘密在羊世间传播

代价就是，要被嚼了肉身，吃了杂碎，还要对脑袋斩草除根

我必须承认：这些年了，我和我的朋友们

至少吃了过万的羊头，如果它们是古代的铁甲军队
一个个排列整齐的头颅方阵，该是如何壮观

是啊，从明天起，做一个心如磐石的人
宰羊，吃肉，啃骨头
再把精力留在后半夜，去斩草除根

冬天的投名状

爱过了，恨过了，但如此艰难

那些霸地草、贝母、狼毒花，还有泼妇般的水曲柳

我一一抚摸着坚硬的骸骨

那些青春与嘹亮，光荣与梦想

在环卫工人的日常里，渐次湮灭

作为一个西北人，我眷恋着无缘青草的羔羊

我无法实现与一条羊腿的伟大和解

这年末岁首的午后，屠夫们亲人般看着我

就像资本家看着工人

我的牙齿里满是血污和腥膻

秦长城上，耳边吹过雪莱的《西风颂》

"冬天来了，春天还会远吗？"

我知道，这一月的寒凝，足以用来怀疑和痛哭

而地球那壁，曾经的号角酣畅淋漓

我在荒芜的古迹上，痛饮西夏啤酒

"哦，糊涂的姑娘，裸露着乳房。"
洛尔迦在一本黑皮的草稿上急切写下
我一往情深——人民广场上的胡桂花
——广告牌下的黄头发寡妇
是的，恨过了，爱过了，但如此艰难

一个无限赞美新疆的人，回到故乡

——给沈苇

把肉身献给新疆
把骨头埋在浙江

这个刀郎与木卡姆的信徒
慕士塔格峰的朝拜者
塔克拉玛干的泛舟者
阿布都热的结拜兄弟
在月光照耀的浙江
用耳语的方式
对着一畦安静的青蛙
宣讲《福乐智慧》

论二满的先进性

那是欣喜的

满足的

邂逅的

人快朵颐的

饕餮的

哭爹喊娘的

合影啊

我的朋友二满

此生最伟大的艺术经历

就是在朗诵完

《穿过大半个中国去睡你》后

和当代最性感的

迷人的

风华绝代的

不要钱的诗歌的原创者

深入地交流了一次

走寨科

一月的寨科是哀伤的
冰凌挂在草叶上顺着秋天的走势
斑鸠们在远处看着我
一脸的憔悴

我必须让自己快乐起来，尽管寒气逼人
我给远在银川的诗人米拉
拍下关于土地，屋舍，农民的视频
那些荒芜、萧瑟以及必需的幸福
以及一个医学硕士对常识的认知

我在揣摩一些将要死亡的方言词汇
但今天，我依然要庄重写下
在马飞剑父亲一年的祭日里

米拉，米拉
一月的寨科太冷
它会让你的隆德方言流泪

我钟爱寺院遍布的玉树

我倾向于那光辉的雪扑面而来
白发的群山，当越野车滑向排水渠时
睡梦中的卓嘎只是翻了个身子
她揉揉鼻子，继续和布袋熊的约会
我只是感觉山崖上的玛尼翅翘了一下

我醉心于一幅摩崖石刻的坚守
流水、风、歌声以及经诵
此刻必须神圣，带着人间的烟火
灰烬。微小的孤独。1米72的悲伤
一次对话让大地的宁静

不管多么艰难，我还是写下一封情书
作为自证者的答辩词

不管世界多么繁华，我还是倾心向西
钟爱寺院遍布的玉树

须弥山一览

忽然想起
国王问阿凡提
地球的中心在哪里
阿凡提的驴子抬抬脚
算是回答

这个画面一闪而过
今天我不关心世界
我只是看着那一坡桃树
以及去年盛开的桃花
此刻在干吗

我还看见，冬日的
阳光太过单薄，瘦弱
让我身边的小姑娘
把脖子缩了一下
又缩了一下

这个未成年的小姑娘
似乎是我遇见桃花之前
曾经的睡梦

冬至：一场雪正在降临

是的，我已读到《诗经》"风"的章节
那些关于希望的预言
列队出现在不足九十平方米的房间

窗外，微小的雪，鬼鬼祟祟冲向人间
这些天庭的流亡者
带着天空的问候和秘密信札

是的，那些雪花，完成了自己的功课
我对着一双哭泣的乳房，说，吃扁食吧
那样会流出欢乐的蜜

我的甘肃朋友在微信上说，甘南下雪了，庆阳下雪了，
但兰州艳阳高照
那些穷人，在废墟下捡拾衣物
我读到劳动篇章的结尾，为生活在古老国度而咽下
暧昧的口水

是的，今天冬至
一盘新时代的扁食
被逼上梁山的牙齿复仇

一场雪在西海固落下
另外的雪，也弥漫着甘肃的土地
我知道，《诗经》的"颂"的篇章，已经开头

忽然想起左侧统

十二月太冷，一个人在黄土高原
迎着风

长发凌乱，凌乱如凌乱的世界
凌乱如破碎的哲学和懵懂的童年

一头困兽，在黑屋子里
抱着贫穷的女儿，相互取暖

我听见，一个亡灵，喊着
单永珍。单永珍……

十二月太冷，就连坟墓上的枯草
都哆嗦了几下

朋友徐学

我的朋友徐学
是个助人为乐的人

新年了
把他的照片
或者画像
贴在门上

我发现
徐学这家伙
真能辟邪

蚂　蚁

走吧！追赶世界的落日，用八卦的方式演绎一生
走吧！爱是公的，恨是母的，灿烂的人妖是一味毒药

走吧！通往长安的路不止一条
走吧！飞翔的大鹅是内心最忧伤的部分

走吧！如果遇到白蚂蚁，就把地球仪推向欧洲的中心
走吧！保持烈士的威仪，唱着天堂蒜薹之歌奔赴沙场

走吧！大雪将至，准备好祭祀，还有必需的长篇小说
走吧！在黑暗世界里品尝孤独，咽下牺牲的露水

走吧！向北是成吉思汗的马灯，向西是吐火罗人的牙齿
走吧！南方霉暗，东方有神祇，一轮火球正在难产

走吧！兄弟
走吧！兄弟

在西海固

如果嵝岘的老柳还活着，迎风流泪
它拒绝告诉我，是因为喜悦，还是悲伤
两只相爱的红狐，和几只
小红狐，在树洞里，默默念诵：小暑过后是大暑

除了雨燕，还在细雨中返乡的，只有火凤凰
这苦命的姐妹，修身的姐妹
怀揣上苍的意志，皈依天空
道路上，拓下血迹斑斑的印章

一地麦子，遍体金黄，仿佛
腰缠万贯的鸽子，睁开了眼，吃完早饭
这世上的辛劳，不过是一碗肉蛋双飞的拉面
你听，秋风响起：麦子拥挤，宜嫁娶——

一个无法抵达远方的人，适合忧伤
尽管七月流火，尽管九月授衣

王民的桃花开了

开了就开了，与道德品质无关
那些飞禽、炊烟、玉米地，包括一地的民谣
各有各的活法
但灿烂是必须的，还有涂脂抹粉的幸福
请不要怀疑，漫山遍野的花红与桃白
一定是一个叫桃花的姑娘
和你私订终身

那些荷包、鞋垫以及被遗忘的手绢
肯定带着桃花的模样
在大洋彼岸的艺术馆里
用王民的方言，花枝招展

就让她开吧，但必须遵守春天的命令
在清晨洒水
而黄昏的咳嗽声中，给凋零的花瓣
一个尊严的葬礼
如果还有时间，给心上人

朗诵:《王民的桃花开了》

如果收到及时的短信，那一定是

"洋芋地里种萝卜，

为了么多吃个菜哩；

我给尕妹送匹布，

为了么怀里头睡哩。"

故乡是怀念的一碗汤

葫芦河畔，曾经的草原恍若一梦
一片庄稼地，另一片庄稼地
它们沉重的脑袋，随风摇晃
如卑微的我，摇晃于陌生的世界

隐蔽的山沟，牧羊少年
抱着夭折的羔羊大声悲泣
细嫩的声音在崖畔回荡
仿佛众神的合唱开场

一座坟茔，横亘山冈
小草们默默诵经
高潮处，其中一棵独自领诵
"这里是埋人的好地方。"

而我孑然一身，四顾茫茫
扛着沉重的脑袋，走在喑哑的路上
花儿开了，又谢了

在最艰难的时日，守一堆薪火

我悄悄从人世上滑过，不惊扰其他
那些曾经的诗篇，爱恋，离别
在广大的亚细亚的无名山冈
不过是：风过耳

老院子

荷花绽放，风雅荷渡的培训班上，老娘来电，我偷偷出去，接一条违反纪律的电话。娘说，老家的屋子要拆了，因为影响新农村的形象。公家说，三年没人住了，必须拆，没有一分钱的补偿。你可能忘了，院子是侯赛尼的，在外打工，没给公家一分钱的拖累，自食其力，咋就说三年没住人，说拆就拆

我沉默着

娘说，你们姊妹六个，都是在老院子养下的，养你的时候，差点把我的命送了，你给说说，能不能把老院子留下来。你们都是公家人，你也是官，你说话他们听呢！

我看着风雅荷渡的荷叶，灿烂得像新媳妇的脸，温柔，娇羞

我沉默着

娘说，你大80了，我78了，能不能留个念想，你那

个早殁了的金花妹妹，如果院子没了，我怕她找不着家里人了。能不能缓几年，我和你大也没几年了，等我两个走了，再拆

我保持沉默

大哥发来视频，画面是，揭瓦，拆梁，推墙，轰隆一声，西厢房倒了。接着的视频是东厢房倒了。接着，土坯的院墙倒了。一阵土雾把我五十年的记忆说淹就淹了

我只能沉默

乡愁是你们的，对于我，一个市上的人，没有权利享受乡愁
我朝自己无能的脸上扇了一巴掌，转身进了教室
我怕
我怕培训班的领导找我谈话
风雅荷渡的荷花，像叫春的猫，四处寻找猎物，东摆一下，西摆一下。娇羞的风，强装镇定

夏日，一场雪

一场雪，来自仓皇，天庭的哲学
在夏娃的妩媚里，逃亡人间
泥塑的菩萨开口说话。泥塑的菩萨
穷人的午餐，带着朴素和黑暗
当夏日当空，当流浪的鸟雀垂头丧气
一桌盛大的宴席洒满了盐

一场雪，浪费了爱情。红蚂蚁
和黑蚂蚁坐在谈判桌前，推敲公文
这安身立命的江山，子孙后代的疆土
给那些血洒疆场的骸骨，苦上兵法和厚黑学
一定要坚信，没有永远的敌人
也没有永远的朋友

有的是，公元 2019 年 5 月 27 日
六盘山落下一场经年不遇的雪

有的是，我在北京的酷热里看着微信
苦子蔓抱着苦子蔓，瑟瑟发抖

三关口

诗人叩关，献上诗歌的"关照"

奔赴沙场

苍凉的释子，西去求经

身后 一片狼毒花盛开

而婉转的中亚商队

在黄寡妇的饭店，啃着牛肋巴

有人推门而出

给干燥的街道洒水

有人操弄琵琶

数着携带体温的银两

三个移民的童子

朗诵拗口的《百家姓》

三关口。向南是平凉

向北，是刀刃供养的固原

东山一地菽

西山一洼麦

中间的河谷里

一群君子和淑女

激烈地传宗接代

下午的阅读者

结尾处，漫天风雪

一辆马车遁入白茫茫旷野……

一切都结束了

黄金的屋宇落满灰尘

那些副歌，旁白

陷入喑哑

一杯茶，说凉就凉了

秋天的葵花，脱下僧衣

把金黄的法器埋进泥土

让大地神圣

让来来往往的苍生，相拥而泣

阖上的书本，多像

一座埋人的废墟

但我的精神自传

才写到第 49 页

但秋深了，草木灰暗

衰败嘹亮

一个无所事事的下午
一个阅读者
艰难写下——
修远

节日颂

一个抄写经卷的人，把自己誊空
只留下一个字：真

一个追逐月亮的人，把白己晾干
只留下 个字：美

一个太阳下不吃不喝的人，烹煮美食
只留下一个字：善

唱吧：千刀万剐我情愿
舍我的尕妹是万难

跳吧：第一圈是你
第二圈献给天方夜谭

念吧：当黄昏沦陷
像苍狼一样面向夜空

荒野辞

在荒野

懒得考虑城里的事情

城里

人太多事太杂

我只专注一粒沙

一棵草

或者一朵闲云

在大地上投下一坨阴影

夏日的人心

我亦觉得阵阵发凉

当一粒沙说话

淌出露水

一棵草歌唱

赞美羔羊

一朵流浪的闲云

便是我失散多年的兄弟——

请荒野的鹰隼做证

黄羊滩

除非暴雨否则无需抽刀
流水已在西夏的落日里耗干
明月托举几个肥硕的文字
或明或暗
像江湖义上在酒肆相见时
古老的投名状

而黄羊滩的柳树上
一只守寡的喜鹊
看见，贺兰山上
两只打架的公黄羊
把稀薄的星宿
撞得晃了晃

哦，地上的树影
也不由自主晃了晃

车过同心

吊诡的是，这个地方叫半个城
吊诡的是，另外半个
难道是为了爱情
私奔了

就像一页白纸，铺在宁夏中部
你所能写下的是，戈壁，黄土，旱柳
以及半个阴阳，半个僧人祈雨的图画

你还能看见，下马关耍鹰的马咕咕蹬
爱上喊叫水的黑女子
一村子的人，商量骇人的彩礼

同心，一个习惯干旱的地方
到北京出差的马占祥说
北京好是好，就是太偏僻

还有，同心人不愿出远门

害怕远方的雨水

会让她的皮肤得上湿疹

父 亲

他有一搭，没一搭
在园子里忙活

园子是荒芜的
和黄土打了一辈子交道
他再也无事可干

有时会想，自己的
那群散布四方的孙子，重孙
想着，想着
就靠着墙根，眯一会儿

一层汗珠从他的脸上滑落
一串口水从嘴角淌出

几架实习的直升机
从头顶飞过，他醒了
看见落日

已钻进贺兰山

他简单整理一下自己
摇摇头

他不关心中美贸易战
中东局势，叙利亚战争
他最重要的娱乐是
把园子里的黄土
挖开，拍碎
再填上
……

他一辈子就这么
挖着
拍着
填着
……

我坐在离父亲不远的地方
突然发现
他是在埋自己
用一生的力气

清水河畔

清水河畔，三个兄弟

一个是秦陇遗腹子的固原

一个是兰银官话的同心

一个是半胡半汉的中卫

河畔的山坳里，三种养命植物

源头的洋芋

中部的大葱

入海的枸杞

河畔人家，三种营生

固原的汉子

同心的贩子

中卫的女子

河水供养，三座寺庙

须弥山

大寺

高庙

沿着清水河，北上，你只是经历
下高原，咥佘面
入戈壁，吃手抓
过河滩，一个风干鲤鱼头，正在害羞

刈　草

黄河远上，一部分是《诗经》里的植物——
木槿，揭车，蓼蓝，蒲草
一镰刀下去，便有嚓嚓声
消失在风中
再一镰刀下去
便是一袭桃红美人，尖叫着
钻进《小雅·六月》

割吧，一群嗷嗷待哺的菩萨
走出泥胎，敲响供养的瓷盘

长江淼淼，晾晒《楚辞》的散章
稻田里，混迹着蒺藜，苍耳，飞蓬，马兰
一铲刀下去，肥汁四溢
溅满小姐姐的裙子
再一铲刀下去
一群大肚的女人，面向太阳，齐声吟唱——
"朝饮木兰之坠露兮，夕餐秋菊之落英。"

割吧，山鬼的踪迹迷失于大雾

君子疾行，星宿旁，一颗流星，催着另一颗流星

听马风山唱花儿

最初的樱桃，是什么颜色

已经不重要了

但当它开始泛白

我和马风山是老相识了

马风山给他老婆说

院子里的韭菜不要割

你让它绿绿地长着

掰几个玉米煮洋芋

面片子稠稠地舀上

一杯清茶

一堆家常

下午的时光，猛地

缩了一下

当马风山说到

老人的医疗费

儿子的学杂费

情绪显得激动

似乎就在激动的一瞬
一树的樱桃要红了

我终于明白
白樱桃白得扰人哩
红樱桃红得为啥要破哩
我还知道
女人愁肠了要哭哩
男人心烦了为啥要唱哩

扶贫羊

埋首于青草的羊
拒绝说话

显然有满腹秘密
显然有坚定意志

一只羊和另一只羊
相互看了一眼，埋首于青草

他们有说不完的话
但他们拒绝说话

他们生活在贫困户马有财家
羊圈的牌子上写着扶贫单位

一圈埋首于春天的羊
秩序井然地吃着草

他们需要激烈地性爱，繁衍，生儿，育女

他们需要迎着刀子，走向餐桌

经 过

——读《去见见你的仇人》

我爱着你每一亩
辽阔的部位

因为太久
阳光都锈了
因为太满
天空已苍苍大野已茫茫

我已家徒四壁
我已空空荡荡

在固原的一家屠宰场里
我和唯一的仇人尝试和解

为了看见
为了一次莫名其妙的旅行
我开始焚琴煮鹤
我已经红炉点雪

无　题

鸟儿一叫
雨就停了

鸟儿一叫
人就醒了

在我们昏睡的时候
鸟儿和天空
完成了一次
秘密交易

日记:后来

后来，我看到曾经的雨水在沸腾
鱼儿洗澡，青蛙打呼
想起一场谁也不知道的恋爱
恋爱中的女子，已经老得让人怜惜

后来，我碰到两个生死仇人
互相打着招呼，一起喝茶，啃肩胛骨
说着一些歉意的话：
我们举案齐眉，我们风雨兼程

后来，我抚摸着我的人民花里胡哨的脑袋
他们说着新的语言，穿着新的服饰
我像抚摸着一场空，一次失忆
他们无视我的存在

后来，一段史书这样描述着我：
那是一个道德沦丧的败家子
语言的暴君和皮肤病患者

他路过的脚印里长出一窝一窝狼毒花

现在，我一无所有，两手空空
出来打扫屋子，再擦拭一下自己的墓碑
上面写着我从前的两句话：
"活不为人，死不为神。"

写 生

我的身体里住着一头野兽
它的早餐是我的善良
晚餐是货真价实的理智

我无法控制那些邪恶
那些无赖
那些冲动

我多想高尚地面对你
优雅地和你说话
文明地走过雨后的草坪

但死皮赖脸的生活让我绝望
我折下花园里唯一一朵开放的蝴蝶兰
用四十五度的余光打量着人群

惴惴不安

我们手拉着手，走在马路上
她情绪低落，勾着头，一言不发

我把她抱在怀里，问，你怎么啦
她双手搂住我的脖子，一言不发

就这么走着，突然她说：我好忧伤
这让我大吃一惊

这个四岁的小女孩，她柔软的身体里
怎会冒出这样一个词

我有点惶恐
有点惴惴不安

一个叫胡自强的姑娘

我独自欣赏，一个叫胡自强的姑娘
她的美，足以让这个早晨犯罪

她把光阴的手表调慢了一刻
让大雁在天空后退

真美啊，美得让思想落后的蚂蚁
学习雷锋，朗诵《诗经》

甚至那只即将告别人间的骚胡，也含情脉脉
在胡自强面前感到羞愧

我远远地看着她，有点邪恶
她妩媚一笑，藏到桃树后头

一个理想主义者的自白

天空这么蓝，请不要打扰
一个流浪汉在人民广场的尿溺

生沽这么好，你要学会堕落
索性来一次破罐子破摔

阳光这么肥，那就高举羊肋巴
在东岳山上当一回李逵

杜鹃从梦中醒来，开始唱吧：
"咖啡馆与广场有三个街区。"

我在萎靡的酒吧翻阅《现代汉语词典》
看到祖国一词，感觉自己白活了五十年

在烟盒的背面，我如此写下：
"生活好了，只是心上人老了。"

工作汇报

晨起，到文化街的一个角落
一碗羊杂碎足以证明
我还活着

那么就到北京路上醒醒酒
我看见，一个金发女子
口若悬河地讲着《道德经》
三个退休老干部大口咀嚼着保健药
还有一个结巴
正在筹备个人演唱会

这是我在银川的所见所闻
也是我工作的一部分
会记录在年终的总结里

无　题

童话一样的宣言遍布四野

而在幼儿园，歌声正在集体抒情

那么嘹亮

那么激越

我羞愧地摘下墨镜

我必须端正自己

在一潭死水前，突然发现

一个乡村的错别字

晃荡于城市的书吧

我坦白，流放在典籍当中

错别字是有罪的

雨落下

命中注定的事，一旦和命较劲
就连崖壁上的石人
也会不高兴
比如在黄土高原，十年九旱的地理
人们习惯了恓惶的活法
习惯了"夏粮绝产秋粮补"
"麻雀逃荒去新疆"的古今
如果旱得过分了
不外乎偷偷摸摸做一些迷信的动作
至于雨水，来与不来
那是龙王的事情

其实这些都不重要，重要的是
今年的龙王太过垂青黄土高原
村里的贫困户刘国栋家的母牛
被滑坡的老房子埋了
贩卖牛皮的虎二蛋，骑着摩托车
冲进深沟，等人们发现

早已湿瞪着眼，气绝身亡

连绵的雨，把人的心都下毛了

80 岁的老支书，站在村口

忍不住大骂：我把你挨千刀的老天爷

几个心怀敬畏的村民，拉着老支书

劝道：这老汉被雨给下霉了，嘴里胡说着呢

那是老天爷给死去的二蛋

哭丧

挽　歌

悼词在火焰上灼伤。蓝色的幽灵
凄婉的牧歌在大地深处回味悠长
一件黑色的袍衣覆盖了原野的花
一只乌鸦啄食着发霉的骸骨

这是正午，我目击了大地上悲伤的事情
一群虫子爬满了我岩石般的脑袋
它们繁衍生子
它们让我空空荡荡
像一条冰凉的蛇，蜷缩在井边

一只乌鸦终于飞走了
她的哭泣让一朵花也在流泪

阴风吹过。吹散我悲哀的诗歌
吹走了我的爱人
吹冷了曾经沸腾的血
吹灭了大地上最后的灯

日　暮

日暮。火红的日子宣告破产
一次伟大的远征死于流言

时间悲壮地撕开高原的胸膛
巨大的血潮汹涌而来
洒向最后的天空
一场血雨自岁月的边缘潇潇而下

日暮。我在爷爷的坟前盖上新土
我已记不清他的容貌

村庄依旧，静寂得让人发冷
屋檐下的铁已经生锈
一只灰鼠打开粮仓
搬运过冬的佳肴

日暮。归鸦栖居黑暗
一张豹皮挂在窗前

空旷的大野披着玄黄的风衣

强暴了苍老的寓言

两条鱼媾合成图腾

季节深了

打　钟

鸡鸣时分。东岳山上的钟打开清凉
一个尼姑完成她每日的功课

没有人在白天听见钟声
这些很遥远的事情
在火车轰鸣的年代
依旧发生

我在灯下怀念远古的姐姐
而她是最早的打钟人
因为突然的爱情
我就是被她敲打的钟

秘 密

一滴露水消失

不要问早行者疾驰的衣袂

一个果子落在地上

不要问秋天被谁伤害

一对热恋的情人最终分手

不要问谁是受害者

我知道疾病的火焰正在燃烧

但是找不到最好的药方

我知道打出的电话全是忙音

而所爱的人已进入梦乡

我知道你的眼里茫然一片

是所有的故事早已被别人带走了吗?

静 物

一只苍鹰盘旋于天际
一只褐马鸡迈着悠闲的步子
一粒野草莓红得快要破了

我惊悚得想大喊一声
又怕破坏了饕餮之前的宁静

风吹过

风吹山阴：一块散落民间的瓦熠熠生辉
风吹秋草：时光的马车已瘦骨嶙峋

用一片落叶和你交谈
那临水的声音，渐近渐远
泅渡于死亡的河流
我左手翻晒地狱的粮食
右手啜饮天堂的美酒
仿佛戴罪的鸟儿偷听了黎明的秘密

风吹过　秋风走了大寒来
谁能倾听我的忏悔

乌　鸦

这个被遗弃的夜行者
黄昏的草坪上
有两个黑点
它们的红嘴唇
让洛日的阴影
更加昏晕

仿佛还有一个黑点
它来自
深山女巫的身旁
在你的幻觉里
越飞越远

曦 东方顶礼

滑轮探过莫测的大海
黑夜之黑的意象在东方的山冈上越来越清晰

这时，正是露珠在青草上静默的时候
一声鸟鸣让沉睡的寂寞开始战栗

东方。东方之东
夜行人疾驰的脚步踩在时间的影子上
一个时代的践约让远古的寓言肃然垂首

暮 旷原之野

一个影子落下来，一万个影子落下来
在清冽的光晕中
独对金樽，我要饮断千年的豪肠
让马蹄踏碎坎坷的归路

只有风声，这高原的衣裳
敲响了黑夜的钟声
疯言醉语过后，谁手持一册经卷
独自面向西风

请挽留这最后的时刻，十二月的黄昏
我已走过如歌如梦的旅程
我把颂歌献给你，还有一段墓志铭
伴着千年佳酿献给一颗破碎的心

艾 民间之殇

屈子已逝
留下一把山野的苦艾
疗治楚国的创伤

端午节的前一天
山坡上挤满了受伤的人群
把一捆捆叫艾的野草
背回家中
在一阵芬芳的烟雾里
诉说着各自的心病

在我们固原

——仿阿信的《在我们西北》

在我们固原，有十万大山。大山夹着平川，平川里
长着野牡丹
哎呀，有多少超子（好汉）埋在牡丹下，多年后，还
咧着嘴，哈哈大笑

在我们固原，把吃叫咥，把姑娘叫女子，把银川人
叫鸭子
川里人把山里人叫愣尻，山里人把川里人叫瓜皮

在我们固原，女人嗑麻子，男人嚼豌豆，一个响屁，
就能刮起一阵旋风
一碗洋芋面能盛三斤，锅盔似磨盘，罐罐茶能苦死
癞蛤蟆

在我们固原，一个叫马占祥的家伙，被鬼捉住了，
咋办？
先找阴阳，念《道德经》，不行。最后只能求助青海
的喇嘛了

在我们固原，几千年就没出过状元，写在史书里的
是响马，土匪，棒客
一个小学老师问：哪些人死了轻于鸿毛？十岁童子
答曰：日本鬼子老嫖客

在我们固原，曾经走过一个伟大的贼，瑞典人斯文·
赫定。他在六盘山上东张西望
一个有名的寡妇，叫五朵梅，唱的花儿是走咧，走
咧，走远了

在我们固原，埋着一根鞭子，叫上帝之鞭，提鞭子
的人叫成吉思汗
一个叫李元昊的日八chua，在海原的南华山上，爱
上了儿媳妇

在我们固原，有座山，须弥山，三个谈论古今的人，
一个是阿訇，一个是和尚，一个是阴阳
汉民媳妇子把回民老汉叫干大，回民小伙子把汉民
老汉叫姑舅爸

在我们固原，城里人都是假洋鬼子，上推不过两代，
先人都是土锤
你看，假装斯文的王怀凌，不过是个瞎瞎（读haha），
他最喜欢干的工作是瞎狗望星星

在我们固原，有一条水量最大的河，泾河，你要是在河里饮驴

下游的甘肃人会站在山梁梁上大喊：你家的驴喝了，叫我喝尿呢

在我们固原，说着两种话，一种是陕西话，一种是甘肃话

说陕西话的人口腔硬，叶子麻，让那些把二说成 an 的南甘儿（甘肃人）听着都害怕

在我们固原，个个自命不凡，号称是中原人。除了穷，整个看不起原始的银川人

好像西海固人都是写书的，银川人扁担倒了都不认得是个一字

在我们固原，三个换命的兄弟叫西海固（西吉、海原、固原）

三个骚情的寡妇叫隆泾彭（隆德、泾源、彭阳）

窑　洞

它们破败，哮喘，焦虑

它们裹挟一串野史

它们在夜晚交流心得

它们与四季无关

它们被流浪犬唾弃

它们磨牙

它们墙洞里藏着一枚像章

它们是弃妇，严重失眠

它们梳理逻辑，拨打思路

它们是生锈的口琴，窃窃私语

当雷声响起，闪电掠过

当一阵白毛风刮过

它们

就是他们

相互告密

天水一带的桃子熟了

领上天水的白娃娃，吃着天水的呱呱
邪恶的念想遇见菩萨

泥菩萨，陶菩萨
石头里跑出个大娃娃

蜜水流淌的街道，带上黄酒
在麦积山下，掏出孤寡的虔诚

我的老哥王若冰说：尕妹妹的嘴嘴儿是蜜罐罐
阿哥粘住就不动弹

好像所有人的心都是粉白的
好像所有人的话都那么动听

麦积山的菩萨说：滋润那些枯寂的心吧
让穷人的孩子嗦着指头开花

一棵树分娩了
一坡的树放松了肩膀

南风吹来
固原偏南，天水一带的桃子熟了

一个老实人

一个老实人，提着灯笼在村庄逡巡

夜色太稠

老实人踩破一片黑暗

又踩破　片黑暗

而摇晃的灯笼，把夜色

戳开一个又一个窟窿

一个老实人为村庄守夜

已不是秘密

一个老实人沉默寡言

什么也没说

老实人从东头走到西头

从西头走到东头

正好

天亮了

红寺堡的鸟儿

口衔红枸杞的鸟儿，含笑点头
但绝不回答人间的提问
口衔紫葡萄的鸟儿，身体倾斜
它让天空失去了平衡

一只鸟儿落在红寺堡
这世上似乎热闹了许多
一只鸟儿飞过红寺堡
仿佛把成吨成吨的寂寞留在戈壁

在红寺堡，喜鹊有喜鹊的事情
它打柴，造屋，用嘴巴练习书法
作为乡贤，它说着土著们都能听懂的话
摇头晃脑，寻章觅句

在红寺堡，麻雀最先起床
"早起的鸟儿有虫吃"，这古老的格言
它们遵循一生。为了活着

它们吵架，斗殴，就为一口养命的吃食

一只鸟，搭乘驴车，从同心的喊叫水过来
一只鸟，落在三轮奔奔上，从海原的南华山赶来
一只鸟，趴着卡车，从西吉的狗娃岔出来
三个说着各自方言的乡巴佬，相互不屑

玛曲草原

牧羊人赶着羊群
轰隆隆
从山上下来

月光赶着星光
轰隆隆
从天上泻下

因为神的眷顾
牧羊人的眼里
点着一盏长明灯

王怀凌论

一个粗糙的老汉背着一捆柴

在米岗山上，吼着秦腔

栽跟打头地踏着衰草

回家给老伴熬约

在农贸市场，两个被他批评教育过的农户

一路狂奔，精神错乱

他复杂的理论水平，足以把日头

从东山讲到西山

他最喜欢写的对联是：

吃肉就吃羊肋巴

听话就听我的话

这已经写进王氏家族的家谱

如果在固原幼儿园的教室里

有人信口开河，讲解黑格尔

那一定是他，用顿家川普通话

让小朋友记住了白格尔

夜半，有个提着喇叭的姑娘
叫王安琪，满大街喊着：
老王，老王，我妈叫你吃饭来
老王，老王，我妈叫你吃饭来

知识分子阿信

在佛祖面前，撕下一页经书
擦拭沾满羊油的右手
而左手留有余香，在黑板上
抄写李宗吾的文章

偷一块草地的月光，打包
送到才旦卓玛的毡房
在牛颊骨上，贴上仓央嘉措的情话
鼾声如雷

桑多河边，但凡刻有阿信字样的石头
那肯定是甘肃民族师范学院艺术系的逃课生
为了勉强的 60 分
向玛尼刻字人偷师的结果

院长阿信，教授阿信，诗人阿信
三个鬼鬼祟祟的身份
在合作偏僻的一碗热气腾腾的酥油茶里

光芒万丈

如果不信，你到玛曲草原，会看见
两个丧心病狂的土拨鼠，三只学识渊博的秃鹫
敬着礼，对着远去的黄河，高声喊着：
阿信，阿信，阿信……

在闽宁镇

你不可以轻佻，不可以四处打听
夏天还未开始就立秋了

你可以心怀鬼胎，在贺兰山下遐想
或者在寡妇门前痛哭流涕

你说着山区方言，给银川的女子随便打招呼
只要你大腹便便，门牙金黄

唱吧，啤酒屋暧昧的曲子混合着肉汤的香味
三个杂种挤眉弄眼，灌下夺命的西夏叉五

暴发户，包工头，肉贩子，一个读过圣贤之书的人
搓着麻将，讨论全球气候变化的事情

但当说起老家的窑洞，训练麻雀的过程
四个昧了良心的家伙，慈祥无比

我躺在床上，听见火车从头顶开过
听见直升机在核桃树上研究费尔巴哈

隔壁邻居院里，一群村妇练习快手
泪流满面地演绎相夫教子的童话

在闽宁镇，千万不要朗诵这首诗
否则小学校长会在一畦韭菜地里撞墙

疼痛论

夜半醒来，从书房到卧室
共七步
从卧室到书房，六步半
来来回回，什么也不想
觉得单调的时候
坐在沙发上，右手抱着左手
盯着墙壁
狠狠地盯着

我觉得墙壁里，堆满黄金
象牙，昆仑玉，华盛顿头像
这些美好事物
是我对美好生活的美好期待

这个时候，写诗是可耻的
读书是有罪的
我的眼里冒着火星，像遭遇荒唐的爱情

我承接着疼痛的问候

疼着好，麻木不仁的我

苟活于世

我知道只有疼痛，才能让明天的太阳红肿

如果你真的爱上我

请让各自分别一会儿，梳理之前的隐私

至少白天，我会编造全部的借口

让你光明正大地

疼我

在咸阳机场想起达尔文

一群又一群陌生人
钻进铁鸟的子宫
仿佛是吃完肉夹馍的飞天

一个又一个陌生的蛋
从铁鸟的子宫
滚落人间
睡梦中泥塑的神，突然
眨了眨眼睛

在宝古图沙漠的下午

风一吹，宝古图沙漠就活了
随风起舞的沙子
让我的眼睛，泪如泉涌

在宝古图沙漠，连绵的空白
让我似乎看到自己的荒芜
已覆盖半生

半个草原的死柳

一个接着一个，死去的柳树
占据了半个草原
它们狰狞奇特的丑陋
引来我们一阵阵的惊叹

人死了，需要其他人埋掉他
否则活着的人
看了害怕

但柳树死了，活着的柳树
眼睁睁地看着
无能为力
这让它们在悲伤中
各自打着招呼
点燃死亡的火焰
涅槃自己

咸阳，咸阳

就连树叶都安静了，鸟说，热啊

广告牌上，秦始皇，杨贵妃，还有李白

摇着扇子，看着

天下的人民

他们伟大的唱诵

构成了 2019 年咸阳的车水马龙

但两个神圣的女子，李小花和宁颖芳

刚刚和兵马俑合完影

左一杯，右一杯

喝着心伤

两个女子，啥都不说

把初秋的咸阳

喝凉了

空空荡荡的咸阳街道

两个摇摇晃晃的女子

把自己

喝到《诗经》里
"雅"的部分

黄　昏

一场九月的风暴

我想象瓦尔登湖上的景色

和一个老人自怜自爱的背影

谁也无法承受悲剧临近

一棵树被焚烧

鸟儿们遭遇到小小的灾难

而那些越过地平线的兽类

用血腥的声音欢呼胜利

一些阳光下的思想逐渐消失

一些翕动思想翅膀的风逐渐消失

当天空埋伏，大海受孕

当空荡荡的大野毁掉丰收的庄稼

……

此时正是九月的黄昏

我突然听到体内骨头碎裂的声音

西部：牛羊在梦中反刍

贡嘎雪山：悼亡

我爱你，川西高原，这里是躲风避雨的好地方
我爱你菊花般乳房，狐皮嫁妆
给最小的女儿取个名字：仓皇

你只需要一片安宁之地，生儿育女
在温暖的火塘边喝下一杯粗茶
在没人的时候偷偷回首

如果我说出一些人的名字，你的眼神里
显得麻木、空洞，好像记忆丢失在风里
好像一个年长者得了噎食病

这是木雅人游牧的高原
贡嘎雪山上，陈旧的白发掩盖了秘密
逃亡者的脚印里鲜花遍野

我什么都不想做，只是一一分辨
这些牧人中，哪些是宁夏人，哪些是甘肃人

哪些是路上长大的混血儿

我只是看见，部落的村支书罗布次仁，戴着白毡帽
含混不清地咒骂着发情的公山羊
他一挥手，一鞭子把落日抽到贡嘎雪山的背阴地

南迦巴瓦：仰望星空

——致故国

大地已经安静，大海已经退潮
就连冰川都肃穆下来，抬头仰望
语言盛开的天空。我仔细辨认
那些吐火罗文，回鹘文，佉卢文，契丹文，西夏文……
一个个庞大星座边，长满茂密传说和生死离别

我相信圣灵之石的召唤，南迦巴瓦
故国是锈迹斑斑的船，漂流在雅鲁藏布江上
携带着烽燧，兵戈，史册以及采诗官的木铎
低处的人们相互告慰，为逝者煨桑，为生者舞蹈
为英雄们在圣灵之石上刻下名字

而繁星点点，那是苍生的眼睛，在相互中取暖
八千里河山，不，应当是五千年的血缘疆界里
圣贤们依然活着，比如庄子、成吉思汗、宗喀巴……
悄悄睡去的，是我丢失在不同朝代的
骑马、折柳、荡舟、拾掇女红的情人

南迦巴瓦，我修葺着那座废弃宫殿

居留下来，在通往天堂的路上

种花，酿蜜，再把一个个倾斜的鸟窝扶端

给相思男女，纺上一捆红线

手牵着手，回到害羞的草原

玛多神山：光阴的故事

——致青春

分不清是雨还是雪，但能分清十三次失败的爱
分不清是湖泊还是海子，但相信泪水总是咸的
我的玛多、我的乖乖、我白日里哭泣的睡梦
六月的高原上，一个人向你说出
失败只是一道伤，最美的花海里会有必需的药

你一直陪伴着我，在史诗故乡
荒凉内心里有歌声响起。贫穷的时候
我只会唱响一首歌，献给你们——
那些散步的斑头雁，玩耍的蝴蝶，私生子的旱獭
还有英雄的秃鹫为了生活四处奔波

我要承担多少忧伤，才能匹配你寒露为霜的阅历
六月的黄昏，寒冷渐渐逼近，大地昏暗成糊涂的爱
像格萨尔的妃子们，手拉着手，钻进帐篷
去温暖一个人的心。而我独自在路上
在扎陵湖和鄂陵湖之间，黯然神伤

不愿回首曾经的脚步，尽管我依然爱着你

我只能对自己说，勇敢一些，再勇敢一些

所有失败，只需一把向上的力量，在玛多山巅

只需为自由祭献自己。并且永远相信

那十三个若有若无的神灵，会记录罪过和功绩

梅里雪山：隐忍
——致远方

彩云飘飘，真的，彩云飘飘在云南的头顶
安静的怀疑，冷静的审判都会在这里发生

我喊着远方，心里种下梅里雪山妩媚的名字
让她发芽，催促着不死的爱，在海拔五千米燃烧自己

我是一个心灵囚徒，在天堂里诅咒，地狱里赞美
骑着一匹村庄的害群之马，走州过县地忏悔自己

我在公社的黑板上写下：
"当我沉默的时候，我觉得充实；我将开口，同时感到空虚。"

只要不是指鹿为马，但请不要说破
这是一片含蓄的土地，因为羊群就是羊群，鹰就是鹰

那么就反穿羊皮，沿着鹰飞的道路出发
只给心灵找一个革命理由

我一无所有，我已删除了背信弃义者
学会了原谅，对那些妖冶的荨麻草和狼毒花

但我拥有自由的牙齿，批判的双腿
讨伐一切的墨镜和面对不义的热烈

如果你愿意，亲爱的，请牵着我的手
一起远行，让梅里雪山作证

就让彩云飘飘，尽管我衣衫褴褛
只为赤身裸体和你奔跑在高原

雅拉香波神山：雪莲旁的偶遇

看呐，寂寞的盛开是多么纯粹

看呐，雪的女儿一袭素衣向你走来

我抱着你，雅拉杳波，在冰川遍布的荒原

独自享受一弯清凉

没有了广场、集会、钩心斗角的宣言

远离喧嚣，远离背信弃义的人群

守着风声、巨石、天空和自由

不谈主义，无所谓人生

我只操心一只蝴蝶奔跑的速度

想象它的前世与来生，渴望与诉求

（——是不是风磨秃了翅膀是不是阳光烫伤了脚）

我知道，没有人会对一只蝴蝶进行道德审判

更不会为它的命运担忧，只有我

在这胡天胡地的雪山上，仅仅看见

一只疲惫的蝴蝶，一脸肃穆

在盛开的雪莲旁，脚步声越来越轻

嘴巴蠕动着，仿佛修改着般若颂

仿佛断头台上的义士

神秘看着我

雅拉香波，一朵雪莲的盛开是寂寞的

雅拉香波，一个人在世上是荒凉的

喜马拉雅：高处的声音

"卸下所有的悲哀，在风起的日子
做一个俗人，满嘴粗话，说出深藏的名字"

"是的，个要神圣，世上的爱情
就是为了一次别离，一次折翅的休憩"

"我深深怀念沸腾的肉汤，还有
隔夜的誓言在一本经书里灰心丧气"

"啊，人生本来就没有高度，你全部的奢望
只不过比喜马拉雅高出一米七八左右"

"我还是走不出她的背影，云朵之下
《金刚经》憔悴成一捧灰烬"

"是否需要处子的声音，在风起的时候
囚犯的辩驳会被阳光超度"

"山下是人民、药材、史诗以及风干肉
你只是其中的一部分，带着烟火和粗糙的美学"

"而那些罪恶呢，你看，雪豹拒绝在哲学里取暖
只为表露对逻辑的不屑"

"如果一个喷嚏让草原落下一场雨
我宁愿献出全身的血"

"放弃那些虚伪的修饰，肉麻的颂歌
你需要完成自身的革命和造反"

"必须忏悔，在人间的高处
我激烈咽下牺牲的羔羊和图腾的牛胛骨"

"嘘，不要高声喧哗。理想和主义
被一个人的絮絮叨叨混乱了秩序"

念青唐古拉：云朵的森林

辽阔其实是一种简单

那一坨一坨的阴影

在午后的光线里，绣花成林

让那曲小镇

增添一餐秀色

我只想在一棵树下看看远方

藏北高原，中间是父亲的念青唐古拉

不远处，就是兄弟藏南

小学三年级的德吉央宗

学习禾苗、树木、森林等单词

她迷茫的声音

仿佛只能绿成辽阔

我什么都不想做

只想来年

种下一棵常青树

以念青唐古拉的云朵为例

年则玉保神山：修远

秋风酿酒，踉跄的草是清醒的
匆忙赶路的甲壳虫也是清醒的
鹰隼的道路来自天空，它上升、下沉
肯定有一些羽毛掩埋了脚印
我习惯了这种飞翔，并且知道
鹰隼是清醒的

年则玉保神山，仁波切的声音随风马旗飞舞
我一无所有，只想在孤寂的时候享受孤寂
我看见，岁月是一次无法修补的错误
但只要孤寂是清醒的，只要对美不造成伤害
我回过头，喊着自己丢失的四十个名字
但只要和孤寂一样，思念是清醒的，还有自由、尊严……

喀喇昆仑：秘密札记

落日靠在喀喇昆仑的眉骨间

显得犹豫

显得羞涩

她觉得自己怀孕了

她尚青春

她厌恶大腹便便的丑

喀喇昆仑闭上眼睛

装作什么都没看见

阿尼玛卿山：蓝色副歌

七星高挂的青海，因为爱，我再次面对阿尼玛卿
一朵瘦弱的雪莲，因为爱，我抱着黄河悄然入眠

一群东张西望的野牦牛，走上公路
感恩的青稞地里，藏着冬天的火焰

我在一块石头上刻下你的名字
连同孤独，放在村落高处

在路上，看着远方，不一样的风雨
吹打着我的骨头和身体里的雪霜

这些年，来来去去的车辆
载走烦琐的香水和四季变化的汉语

如果在此刻抒情，我一定会说
背水的桑吉，你是我命中的姑娘

但我的情歌已经远去，渐渐苍老的面容
挂在阿尼玛卿山巅，扭曲，变异

我简单爱上了小酒馆，羊皮大衣，藏银饰
甚至无耻爱上狼毒花，牛粪和甲壳虫

这样的生活在午后时光大面积出现
使我的脚步声摇晃，糜烂，大声哭泣

是的，我如此热爱，爱上发芽的酒曲
爱上一个人弯曲的手臂，以及梦呓

这是男人的阿尼玛卿，他的身后
是一堆情书堆垒的羊圈和鹰巢

靠过来，慢慢靠过来，用你的身体
湿润我已干燥的朗诵

在雅丹地带穿行

破败的宫殿。驼唇。流水的道路,以及一片回忆的白雪
一个大陆疼痛的骨殖和二〇〇九年的美元一起贬值

在固原发往伊犁的公共车上,我像一个仓皇退位的皇帝
看着远逝的江山和一个个面若桃花的妃子欢天喜地

甚至是一些恍惚,一条丧失尊严的癞皮狗
唐突的声音里有些与时俱进的无奈与哀泣

不要无理取闹,繁荣的草场隐藏在碱里
突厥的坐骑目带惊慌,留下一串悲哀和踉跄

不要虚构,美学的镜头里滴着隔夜的胆汁
《美国国家地理》杂志的插图狼藉一片

"——嘘,在无风的日子,你不小心会掐疼一个梦境
会给一座土丘安下名字、个性、爱好连同唾弃的生殖"

"有雨是饥饿的灾难，会让失眠的上帝失去耐心
会让愚蠢的蚂蚁毁灭罪证，让意义呕吐"

如果说起它们，那肯定是黄金的庭院，在干旱中休克
是一条河流献给大地奔向天堂的阶梯

如果蔑视秋天的教科书，你必然敬沙粒为神明
在一首中亚的谣曲里喃喃自语，指手画脚

然后是痛失哲学的乞丐，面对潮湿的逻辑
圈地为牢地捡拾内心的空虚和一只蜥蜴的鞋子

我无法复述那场轰轰烈烈的失恋，我经历的是过程
正如那些放弃选举权的树、蒿草以及子孙满坡的公羊的告白

雅丹地貌：一个人魔鬼般地朗诵《福乐智慧》的残章
他诚恳的语调仿佛是在诺贝尔文学奖讲坛上的一通吹嘘

瓜州的悔悟

南方雨林，草原格桑
瓜州一定失望

鹦鹉学舌，杜鹃啼血
瓜州抬头探月

半页《诗经》，几段《离骚》
瓜州埋下断章

七月流火，八月飞雪
瓜州胆中炼糖

风高放火，黑夜翻墙
妹妹你在何方

瓜州，瓜州，你这投奔甘肃的穷小子
肠子黑青，反穿衣裳

星星峡的背影

恢复到落日的高度。群山之侧
几万起义的蝗虫敬着成吉思汗的军礼
在断石上停留了一下

你可以嘲笑一个古代书生的鬼祟
但必定肃穆飞天戒指上的体温，和
寒露的虔诚

当几个铁匠钻燧取火，寻找一把斧子
那棵流泪的树
正在一条金鱼的热吻里化木为石

贩盐的道士，背着皮子的酒鬼，写诗的小偷
他们寂寞的脚步
像是一次神圣的宴席

还有马可波罗、斯文·赫定、斯坦因
三个结拜的弟兄

在金碗里割破上帝的喉咙啜饮

事实上，那些光明
那些皈依
那些忏悔，事实上——

我刚刚经过星星峡。群山的宗教
落满此刻的肩膀，携带几何的泪水和圆规
丈量内心

素描：一幅油画

一支野蛮的箭，带着暧昧与复仇
一头悲伤的骆驼绝望于一条静止的河
是的，当你虚构的小说另起一个章节之时

花草滩崖畔，扎堆的羊群被阳光雕塑
几段遗弃的长城，几句山丹方言
欲望的交易哭喊着历史

我不想重复对石头的崇拜。亚洲东部
无聊的无名氏在狩猎，交媾，念念有词
他失误的口语里说出：火车，火车——

不妨拉着林一木的手，感受胡风
迷路的蚂蚁昏天暗地。但是
吃着波斯大蒜的商人兴高采烈

不要反对隐喻，甚至一场黄昏的黑雨
信仰的马车载满了鹰。伤心的素描里

一次爱情的马拉松刚刚开始

那些光明的刀客，口喷火焰
玩耍的私生子学习算术，撕下一块羊肋骨
在阶级的手指上敲打光阴

在人迹罕至的戈壁，退位的酋长
守着黄金，在阴影里面壁
热情的妃子们齐声朗诵：啊，伟大的征服之神

我没有错失那次贫穷的溺尿
在斑驳的石头上，错误的考古
在一首新边塞诗里重新出现

雪落敦煌

无法沉默的热烈，卑微的雪穿过天空
鸣沙山下：一本信仰的书感觉寒冷

当一朵卑微的雪带着渴望与孤独
一眼思想的泉打开生活的度牒

你被一群藏文字母隔离。而在成吉思汗的日记里
藏着牺牲的麝香和致命速度

我承受着你来临的重量。血崩的呼喊
在我粗糙的皮肤上渐行渐远

是的，当一群革命的艾蒿面黄肌瘦
当一个肥胖的飞天给地狱发出 E-mail

我远离自己，犹如远离一捆寂寞的蔬菜
远离一次失恋的阅历

河西：甘肃的鞋带

粗粝的河西，一个漫游的宁夏人
鬼鬼祟祟。他探秘，释文，打着喷嚏
他把对银川女人的念想渡在乌鸦的眼睛里

他看见一片东张西望的芨芨草，举着露珠
一绺西亚的胡须随风劲舞
晚点的新闻播放着以色列和巴勒斯坦的事情

几个高谈阔论的哈萨克牧人，拿着陈年的收音机
仿佛在挽救华尔街金融
不远处的沙漠公蛇哈欠连天，昏昏欲睡

你不妨在公社的字典里煽风点火——起义的马
穿过八月的睡梦，完成神圣的洗礼
大地上的五谷激烈地传宗接代

你在西口路边吃下早点，抽着旱烟
用几页《诗经》换来哈密的瓜，蒙古的绒

在一章骚花儿里坐怀不乱

当日光泥泞，雪水生锈
当东去的列车停在兰州，狼奔豕突的拉面馆前
师大的女大学生，普通话凌乱不堪

敦煌的鹰

鹰有神示，无限的荣光在于飞翔
寒冷的内心有超度念想

三危山绝命的海拔
大地上的光阴走如奔兔

一叶被偷走的风马旗
羞愧的星宿上楔进信仰

无论如何，那条雪水的疏勒河边
我咽下的只是活命的抒情

没有对天空伪造伤害。遥远的先知
你顽固的智慧藏在沙尘暴里

但对一只兔子的渴望，甚至麻雀
那只是走向一个异性的热炕

在二十世纪的工业革命里，有一种嘶鸣
我只怀念四平八稳的早晨

雪落。一条愤怒的弧线伤痕累累
大地上肉铺繁荣，果香四溢

说出黑暗中颂歌，或者赞美诗
你不小心的偷情会被狗仔队记录

回到心跳的夜晚，和一个小偷秘密约会
他遗忘了飞檐走壁，只有安慰

敦煌啊！我带着飞天的梦想拼死一跃
留下羽衣霓裳

天空啊！你无耻的广大里落木萧萧
我只带走飞翔。敦煌——

乌鞘岭下的一次睡眠

那么多大雁飞过，留下一次经历
那么美，落日完成最后一次祈祷
仓皇而来的是神圣的诅咒和赞念

给别扭的文字梳理细节，我知道——
成吉思汗的毡靴，是通关的铭文
而衰败的李元昊在区别胡椒里的毒药

乌鞘岭以西，尧乎尔兄弟走州过县
醉生梦死的哈萨克帐篷里马肉穿肠
我全部的记忆源自被打入冷宫的阏氏妹妹

你在敦煌细数流沙，翻译坠简
在一卷经文前调皮捣蛋
多么先知啊！胡骚冲天的飞天如坐针毡

甚至在尘土飞扬的小巷叫卖阳光，反穿羊皮
在一座铁匠铺前挥汗如雨，结束一次梦遗

教堂前的唱诗班集体失语

是的，当全部的生意毁于小兽的皈依
星宿的脚趾上翘着悔悟和幡然
你家徒四壁的身体里流光溢彩

嘘！不要吵醒那列从乌鲁木齐到成都的火车
不要给汗血马投下夜草
但一定要让早产的母羊耐心等待

乌鞘岭的海拔

车过乌鞘岭，它衰败的巍峨

沦丧于秋草的高度

它的颓废不及四脚蛇惊慌失措的逃亡

我自信于 1.72 米的海拔，比鹰低些

比远处的野燕麦高出许多

比鼠目寸光的屎壳郎了解植物学

我有资格在乌鞘岭上指东道西

右手是烟雾缭绕的兰州，左手是帝国的走廊

面前是蒙古高地，身后是酒曲里的青藏

记得宁夏老乡李元昊在这里啃过羊肋巴

避暑的成吉思汗，不带通关文牒

到别的国家牧马

我按捺不住一丝土拨鼠的豪情，索性端一壶酒

浇在茁壮成长的唐诗宋词里

让它面目狰狞，一脸邪恶

云朵之下，我教育着青藏的牦牛
内蒙古的烈马，黄土高原上白牙的毛驴
让它们在众目之上讲解幸福的起源

车过乌鞘岭，艰难的唱读混杂着古今
我目光痴呆。那些野燕麦、蓝苜蓿、狗尾巴花
多像我想你时丧心病狂的痛

一个失魂落魄的人在阿克塞

一个失魂落魄的人在阿克塞
颂唱西风，说着一些破败无聊的事情

几头骆驼，一片戈壁以及经年的胡杨
孤单的沙粒上留下一块空旷

必须要携带刀子和酒，恩情或者失败的爱
你身后的怀念里要藏着阳春三月的鬼祟

并且要记录下一个人的背信弃义
她虚与委蛇的甜蜜里有伤害的毒药

而阳关不远，唐代的屋宇和宋朝的瓷器
一次格律的唱读呼天抢地

在落日之下请保持应有的虔诚
只是，黑暗中的黄金念叨着革命

不要拒绝吐库丁的邀请，沸腾的羊颊骨上
纪年的甲骨文字被轻易虚构。还有——

红旗的越野车里，青海的花儿和陕西的秦腔
烙下西域的痕迹和羊肉的膻腥

向西——
边疆棉花盛开，囊坑肉熟

河西在上

铁抱铜，祭祀的图腾在野地里锈成一片寒露，它隐忍，不
露痕迹

伪造的阴阳帖飘在梁积林家门口
这个玩世不恭的家伙，捣卖古董，不屑一顾，写下七扭八
歪的诗

通往俄博的卡车司机
车轮轧过的灵魂在唐诗宋词里吧吧作响
风马旗的半截身子，一面向西，一面朝向扭曲的内心

河西在上。祖国的屋檐下埋下金子和羊头
你看：草原发情，大漠受孕
发呆的鹰
卸下大面积的忧伤以及胡言乱语的传说

河西在上。天祝的天堂寺通向莫高窟的壁画
在飞天的舌尖上取暖，她的美丽藏着一身狐臭

那么美啊

身体里的魔鬼惊叹之后，逃到一棵桃树后头

你在石头上写经，羊皮上喷火，留下错误的六字真言

走廊的废墟上，离经叛道的毒药来自白胡椒

而另外的黑胡椒里藏着交易

一定要相信黑脸的读书人，他鬼符般的语言

源自对生活的彻悟

他现实的运动，使山丹马场上精液横流，子孙遍野

那·个巨型乳房的石头女人，祖籍银川，谁能说清，她到底喂

养多少失败的神

天堂寺的夜晚

连老鸹都安静了，金顶上的月光肆无忌惮

它一半耀眼，一半正在打着瞌睡

似乎要将一天的诵经声揽进怀里

掰成两半

一半是白天的酥油茶

一半是夜晚的糌粑

剩下的

是那些牛啊羊啊被超度的魂灵

虔诚地仰望着

当我离开时，突然发现

一个绛红色的青年喇嘛远去的背影

多像仓央嘉措在月光下疾驰的脚步啊

腾格里沙漠南缘

一根蓝色飘带在腾格里沙漠南缘逶迤而去。黄河——

前面是兰州，她带走生活的拉面
白兰瓜和野葫芦的沙地里喘息着蛛丝马迹的美
一块布满皱纹的石头留卜钻木取火的烟

沙坡头别扭的方言，以及雀斑的导游
车龙马水的羊皮筏子上载走大麦地岩画的拓片
明朝的高庙里盲目的僧人吞云吐雾

多么自觉的夜晚。四脚蛇埋下诅咒与浪漫
它的力量和速度欺骗了人类的猎奇

但在黄河的石林里，一声史前的犬吠
惊起两个执迷不悟的人

流沙、流沙，一朵闲云挂着乌鸦
它迫不及待的飞翔是躲避缺水的伏天

它的恐慌来自先知的箴言

是的，当驮夫的脚停在沙枣树下
当瘸腿的马咽下粗糙不堪的夏天
迎亲的队伍里有人能掐会算

黄河。逶迤而来的是腾格里长吁短叹——

乌鞘岭以西

乌鞘岭以西：慢慢抬起的是一卷潮湿的传说
从武威到张掖、酒泉、嘉峪关
一堆戍卒的骨殖、一挂经幡、一条哈达
河西走廊巨大的生殖力源于祁连山的雪
它让一个杂种妻妾成群
让一匹母马拥有无限的幸福
让一个偷情的僧人无地自容
但在秋天的药书里，鬼鬼祟祟的色目商人
建造屋宇，种下胡椒，把长安的丝绸
挂在落日的指头上
庄重而且轻佻

而阿克塞的割礼继续进行，那双充血的眼睛
让内地女子感到恐惧
在夜晚，有人睡眠、有人皈依
更有人点亮羊油灯盏，识别字母
恢复一个姓氏的尊严，以及
一次茫然婚礼

四 月

四月不远，西海固桃花灿烂
当金山的雪莲正在霉暗
从嘉峪关到敦煌、阿克塞，沙漠里的春天
我不想把骆驼的咳嗽变成你失望的初恋

那次逃亡的情感埋在风中
那个唾弃鸦片的人，在四月的路上
遗失了诗篇。革命的马蹄丧失于一次私通
而胡言乱语的舌苔上真理蔓延

谁能捉住那个闪腰的花妖
懒惰的飞天，暧昧的裙裾壁画里破碎
一个惊慌失措的人
他的脚步来自偷情灯盏

但老牛的车速，惊醒了海西州落寞冬天
牧草枯黄，牛羊瘦小
一次长长喇叭声
让青海湖的湟鱼，梦醒一年

月牙泉的传说

仓皇飞天裹紧西去裙裾，月光的琴
击打一地沙粒。那个念念有词的人
热烈的地理在一盏羊油灯下彻底曝光

十八世纪意大利游客，日本古董商，俄罗斯土匪
贼眉鼠眼的夜晚接二连三
他们的胡须里藏着飞天的腋毛

月牙泉边，沙漠的宗教开始废弃
青海棒客和张掖酒鬼集体打赌
谁能用一堆发黄的旧书烤熟一只羊腿

而萧条芦苇上，落单的雁喝下一片净水
远方就是故乡，但懒散的云驮不动怀念的翅膀
它学会打坐，念诵佛号以及自身的超度

如果你的朗诵过于直白，请使用古老梵语
大英博物馆人声沸腾。一次豪华庆典

西藏僧人在敦煌门前念响咒语

月牙泉边，一个囚犯的罪名来自鸦片
他脚步凌乱，踉跄语言
一路说到突厥的天山

俄博的午后

俄博的午后，一丛狼毒花繁衍着罪恶
它热烈，阴郁，像情欲饱满的突厥女子
在陌生的草原上找开欲望的身子
这暗藏的阴谋
让一阵风改变了原来的方向

俄博的午后，马蹄上的光阴让一个人慢慢老去
那个唐古特部落的二道贩子，马背驮盐
换取尧熬尔人的羊皮
安静的肃南街道上
一个醉醺醺的杂种唱着民谣

俄博，我失散多年的远方兄弟
在歌手铁穆尔的帐篷里
一个流浪的西海固诗人
倾听他苍老而忧伤的声音
古歌呦呦，古歌呦呦
一辆爬坡的拖拉机，让我听风
祁连山已暮色苍茫